Alexandra Fischer-Hunold

Leselöwen
Drachengeschichten

Zeichnungen von Wilfried Gebhard

Loewe

Zu diesem Buch steht eine Lehrerhandreichung zum kostenlosen Download bereit unter http://www.loewe-verlag.de/paedagogen/handreichungen.html

FSC
Mix
Produktgruppe aus vorbildlich bewirtschafteten Wäldern und anderen kontrollierten Herkünften
Zert.-Nr. IC-COC-100001
www.fsc.org

ISBN 978-3-7855-6171-3
1. Auflage 2008

Umschlagillustration: Wilfried Gebhard
Reihenlogo: Angelika Stubner
Rätselfragen: Sandra Grimm
Printed in Germany (017)

www.loewe-verlag.de

Inhalt

Ein wahrer Held

Die Sonne schien hell und warm, und die Vögel zwitscherten vergnügt. Ritter Raimund freute sich. Er hatte sich einen wunderschönen Tag ausgesucht, um sein Drachentöter-Diplom zu erwerben. Mit einem schnellen Griff vergewisserte er sich, dass er sein Schwert bei sich trug. Denn das gehörte zur Grundausstattung eines jeden Drachentöters, genauso wie die Ritterrüstung, der Schild und das Pferd, das ihn durch den Wald trug.

Gegen Mittag erreichte Raimund sein Ziel: das Drachental. Vorsichtig lenkte der Ritter das Pferd ins Tal hinab. Er konnte die Vorfreude auf seinen ersten Drachenkampf kaum bändigen. Deshalb lief ihm ein freudiger Schauer über den Rücken, als er im Eingang einer Felsenhöhle einen schlafenden Drachen erblickte.

Er sprang aus dem Sattel und räusperte sich laut.

Verschlafen öffnete der Drache sein linkes Auge.

Raimund stemmte die Hände in die Hüften und verkündete: „Ich bin gekommen, um … nun ja, wie soll ich sagen …“, er räusperte sich noch einmal, „… gekommen, um dich zu töten und dir eine Schuppe abzunehmen, damit ich mein Drachentöter-Diplom erhalte.“

Nun öffnete der Drache auch sein rechtes Auge und ließ einen abschätzigen Blick über den Ritter gleiten: „Wer bist du, dass du es wagst, so mit mir zu reden?“

„Ich bin Ritter Raimund, ein wahrer Held!“, erklärte Raimund.

Der Drache schnaubte verächtlich, und kleine Rauchwölkchen stiegen aus seinen Nasenlöchern auf. Langsam richtete er sich zu seiner ganzen Größe auf. Zusammengerollt hatte der Drache noch so klein und harmlos gewirkt, aber jetzt musste Raimund den Kopf ganz in den Nacken legen, um überhaupt die Nasenspitze seines Gegners sehen zu können.

„Na, dann komm mal her!“, forderte der Drache den Ritter auf.

„Einen Moment noch!“, bat Raimund und zog das Schwert aus der Scheide.

Mit ungläubigem Blick beobachtete der Drache, wie sein Gegner vor und zurück hüpfte und dabei mit dem Schwert ziellos herumfuchtelte.

„Was soll denn das Gehampel?", knurrte der Drache.

„Das sind Auflockerungsübungen für die Muskeln", erklärte Raimund. „Sie beugen Zerrungen vor!"

Nun klappte er sein Visier runter, und aus dem Helm dröhnte ein hohles: „Es kann losgehen!"

Da beugte der Drache seinen Kopf weit nach hinten und holte tief Luft, um den Ritter mit einem einzigen Feuerschwall zu vernichten.

Aber bevor er seinen feurigen Atem auf Raimund schleudern konnte, rief dieser plötzlich: „Auszeit!“

„Was?!“, schnaubte der Drache fassungslos. „Wir haben doch noch nicht mal angefangen!“

„Feuerspucken ist verboten!“, erklärte Raimund.

„Wieso das denn?“, zischte der Drache.

„Es ist unfair“, meinte Raimund.

Arena ENTDECKEN

Lust auf KLASSIKER

Arena Kinderbuch-Klassiker

„Stopp!!!“, rief Raimund plötzlich laut.
Mit einem lauten Knall plumpste der Drachenschwanz auf den Boden. „Was ist denn jetzt wieder los?“, fauchte der Drache. Jedes seiner Worte wurde von kleinen Feuerblitzen begleitet.

„Schwanzpeitschen verstößt ebenfalls gegen die Regeln!“, klärte Raimund den Drachen auf. „Du musst doch zugeben, dass du mit ungerechten Mitteln kämpfst. Ich meine, schau dich doch mal an. Du bist viel größer und kräftiger als ich.
Du musst mir schon eine Chance geben!“

Verwirrt blinzelte der Drache den kleinen Ritter an.

Dann rollte er sich beleidigt zusammen und knurrte: „Ich mach nicht mehr mit!“

Raimund schob das Visier hoch. „Du stehst jetzt sofort auf und kämpfst mit mir!“

Aber der Drache winkte ab und drehte seinen Kopf weg.

„Du hast wohl Angst vor mir, was?!“, mutmaßte der Ritter.

Ganz fest kniff der Drache die Augen zu und drückte die Klauen auf die Ohren.

„Du bist eine Schande für alle Drachen!“, schimpfte Raimund.

„Lass mich in Ruhe!“, brüllte jetzt der Drache. „Du machst mich fertig, ehrlich!“

Mit den Zähnen riss er sich eine Schuppe aus und spuckte sie dem Ritter vor die Füße. „Nimm die, verlass das Drachental und komm nie wieder zurück!“

„Oh, danke!“, freute sich Raimund, hob die Schuppe auf und schwang sich in den Sattel seines Pferdes. „Sei nicht traurig, mein Lieber“, tröstete Raimund den Drachen zum Abschied. „Denn schließlich bist du von einem wahren Helden geschlagen worden!“

Finde ein Wort, in dem zweimal die Buchstaben „ch“ hintereinanderstehen. Welches ist es?

Trage das Wort auf Seite 61 bei Nummer 1 ein.

Der Nächste, bitte!

Als Lisa das Treppenhaus betritt, steigt ihr ein seltsam scharfer Geruch in die Nase. Aber sie achtet nicht weiter darauf, denn ihre Gedanken kreisen um das Plakat an der Bushaltestelle gegenüber der Schule. Mit großen Schritten hechtet sie die Stufen zu der Praxis in der ersten Etage hinauf.

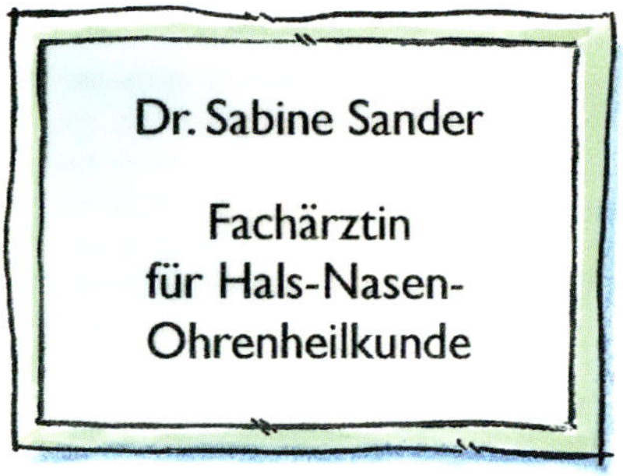

Das steht auf dem Schild neben der Tür, die Lisa jetzt aufreißt.

„Hallo, Antje!“, begrüßt sie die Sprechstundenhilfe. „Ist meine Mutter schon startklar?“

Antje schüttelt den Kopf. „Sie hat noch einen Patienten.“

„Dann warte ich!“, beschließt Lisa und schwingt sich auf den Schreibtisch. Plötzlich rümpft sie die Nase: „Puh, hier stinkt es genauso komisch wie im Treppenhaus. Nur viel schlimmer. Was ist das?“

„Schwefel!“, antwortet die Sprechstundenhilfe, ohne von der Computertastatur aufzuschauen. „Der Patient bei deiner Mutter ist etwas schwefelhaltig.“ Dann beugt sie sich leicht vor und flüstert: „Und ich dachte immer, solche Wesen gäbe es nur im Märchen!“

„Was meinst du damit?“, wundert sich Lisa.

„Der Patient da drin ist ein Drache“, erklärt die Sprechstundenhilfe seelenruhig. „Er hat Halsschmerzen.“

Lisa sperrt vor Staunen den Mund auf und stottert: „Du-du-du meinst einen echten D-D-Drachen?“

„Ja“, nickt Antje. „Er sieht ziemlich wild aus.“ Lisa hört ihr nicht mehr zu. Sie stürmt zum Behandlungszimmer und schlüpft lautlos hinein.

„Das sieht gar nicht gut aus!“, hört Lisa ihre Mutter sagen. „Ich habe selten einen derart geröteten Hals gesehen!“

Erschrocken springt Lisa einen Schritt zurück. Beinahe wäre sie auf eine lila Schwanzspitze getreten, die sich vor ihren Füßen zu einer Art Schnecke zusammengerollt hat.

Als sie den Drachen näher mustert, kommt er ihr sehr bekannt vor. „Mama!“, zischt sie dann ihrer Mutter ins Ohr. „Weißt du eigentlich, wen du da behandelst?“

Über den Rand ihrer Brille schaut Frau Dr. Sander ihre Tochter verständnislos an. „Natürlich weiß ich das – einen Drachen!“

Lisa verdreht die Augen. „Mensch, Mama, das ist Draconia Draco, die Sängerin von den Rolling Dragons. Die geben hier übermorgen ein Konzert. An der Schule hängt ein Plakat. Ich wollte fragen, ob du mit mir dahin gehst!“

Lisas Mutter zieht die Stirn kraus. „Mit diesem Hals kann Frau Draco unmöglich singen.“

„Ich muss aber“, mischt sich da die Drachendame krächzend ein. „Meine Fans brauchen mich!“

„Ich bin die Ärztin, und ich entscheide!“, bestimmt Frau Dr. Sander. Nachdenklich schaut sie Frau Draco an. „Seltsam ist nur, dass ich keinerlei Ursache für die Halsentzündung feststellen kann. Haben Sie mit Ihrem Hals irgendetwas Außergewöhnliches veranstaltet?"

Draconia Draco schüttelt den Kopf, sodass ihre zahllosen Ohrringe und Ketten klimpern: „Nein. Ich habe nur ein wenig Feuerspucken trainiert. Ich bin die amtierende Meisterin im Feuerweitspucken. Demnächst steht wieder ein Wettkampf an. Bis dahin muss ich wieder fit sein!"

Frau Dr. Sander schnippt mit den Fingern: „Genau das ist es, Frau Draco! Feuerspeien reizt den Hals ungemein. Und dann noch jeden Abend die Konzerte – das ist zu viel. Solange Sie auf Konzertreise sind, gibt es kein Feuerspucken, sondern täglich fünfzig Liter heiße Milch mit Honig! Das müsste schnell helfen."

Schmollend schiebt Draconia Draco die Unterlippe vor und stößt ein verächtliches „Bäh!" aus.

„Heiße Milch mit Honig ist echt widerlich!“, meint Lisa. „Aber Sie müssen doch übermorgen singen! Ich bin übrigens Lisa, und ich finde Sie megacool!“

Draconia Draco nickt. „Du hast recht. Ich werde vernünftig sein!“

Nachdem sich die Drachendame umständlich aus der Praxistür gequetscht hat, schaut Lisa ihre Mutter erwartungsvoll an. „Und? Gehen wir zu dem Konzert, wenn Draconia Draco bis dahin wieder fit ist?“

Lisas Mutter kratzt sich verlegen hinter dem Ohr. „Ich glaube, Frau Draco hat erwähnt, dass das Konzert ausverkauft ist.“

Lisa lässt enttäuscht die Schultern hängen.

Am übernächsten Nachmittag klingelt plötzlich ein Bote an der Praxistür. Er überbringt Freikarten für das Konzert der Rolling Dragons und einen Brief. Lisas Mutter liest ihn laut vor: „Vielen Dank für Ihre Hilfe. Fühle mich wie neugeboren. Ich erwarte Sie und Lisa nach dem Konzert backstage auf ein Glas heiße Milch mit Honig (hihi)!
Draconia Draco.“

Lisa tritt dem Drachen beinahe auf etwas Lilafarbenes. Was ist es? Streiche die ersten drei Buchstaben und nimm „spitz“ heraus. Welches Tier bleibt übrig?

Trage die Antwort auf Seite 61 bei Nummer 2 ein.

Der Drachenreiter

Aran taumelte durch den Wald.
Äste schlugen ihm ins Gesicht, und die Dornen der Sträucher kratzten in seine mageren Schienbeine. Er wollte weg, ganz weit weg von der Burg und dem Dorf. Die bunten Banner, die an den höchsten Spitzen der Burg flatterten, und der Blumenschmuck in den Gassen zeugten von dem großen Fest, das dort gegen Mittag beginnen sollte.
Dann würden die Söhne des Burgherrn zu Drachenreitern geschlagen werden.

Alle würden ihnen zujubeln, nur Aran nicht. Er wollte nicht dabei sein, und er wollte auch nicht die jungen Herren in ihren prunkvollen Gewändern und ihre schönen Drachen im kostbaren Zaumzeug sehen. Denn all das würde ihn nur daran erinnern, dass er, der Bauernjunge Aran, niemals von Adel, niemals reich und damit auch niemals ein Drachenreiter sein könnte. Obwohl er sich nichts sehnlicher wünschte als das.

Keuchend sank er auf einen mit Moos bewachsenen Stein und streckte sein Gesicht dem Himmel entgegen. Zwischen den Baumkronen blitzten die Sonnenstrahlen hervor. Es war genau der richtige Tag, um Drachenreiter zu werden, dachte Aran.

Plötzlich zerriss ein wildes Fauchen und Zischen die Ruhe des Waldes. Aran sprang auf. Das klang nach einem gefährlichen Kampf. Nur, wer waren die Kämpfer?

Im Schutz der Sträucher und Bäume schlich Aran vorsichtig in die Richtung, aus der die Geräusche kamen. Leise schob er mit einer Hand die Äste zur Seite – und erschrak. Keine fünf Meter von ihm entfernt rangen auf einer Lichtung ein wunderschöner goldglänzender Drache und eine furchterregende Riesenschlange miteinander. Die Schlange überragte den Drachen um ein Vielfaches. Aran sah sich nach einem Stock oder einem Stein um – nach irgendetwas, das er nach der grässlichen Schlange hätte werfen können. Da ließ ihn ein ohrenbetäubender Schrei herumwirbeln. Aran befürchtete das Schlimmste. Doch als er wieder auf die Lichtung blickte, stand dort stolz und siegreich der edle Drache. Die Schlange war verschwunden. Ohne nachzudenken, sprang der Junge aus seinem Versteck hervor und rief: „Du hast die Riesenschlange besiegt!"

„Wer spricht da?", fragte der Drache und drehte suchend den Kopf hin und her.

„Ich heiße Aran, und ich stehe direkt vor dir!“, antwortete der Bauernjunge verwirrt, denn der Drache schien ihn nicht zu sehen.
Als sich der Drache erneut suchend umblickte, schaute Aran ihm in seine Augen – und verstand plötzlich:
Die Augen des Drachen waren blind.

Als ob der Drache seine Gedanken gelesen hätte, sagte er jetzt: „Mein Name lautet Ferodin. Ich habe die Riesenschlange in die Flucht geschlagen, aber sie hat mir ihr blind machendes Gift in die Augen gespritzt. Ich erkenne dich nicht, Aran, doch deine Stimme klingt freundlich. Deshalb wage ich es, dich um einen Gefallen zu bitten.“

„Sprich!“, flüsterte Aran aufgeregt und trat näher an den Drachen heran.

„Ich muss zum See Darin. Ein Bad in seinem heilenden Wasser wird mir mein Augenlicht wiedergeben. Nur finde ich allein nicht den Weg. Klettere auf meinen Rücken, leih mir deine Augen und beschreibe mir, was du siehst. So kann ich zum See fliegen!“, sagte der Drache.

„Aber ich darf keinen Drachen reiten!“, widersprach Aran entsetzt. „Ich bin nicht von Adel, und reich bin ich auch nicht! Es ist mir verboten!“

„Dann bin ich verloren!“, hauchte Ferodin.

Aran seufzte. „Ich werde dich nicht im Stich lassen“, sagte er dann leise.

Der Drache beugte sich tief herab.

Der Junge kletterte auf den Drachenrücken und umschlang Ferodins Hals. Der Drache breitete die Flügel aus und erhob sich in die Luft. Arans Herz machte einen Freudensprung. Einen Drachen zu reiten war noch viel schöner, als er gedacht hatte.

„Was siehst du?“, riss ihn Ferodin aus seinen Träumereien.

„Ich sehe einen Fluss, den Wald und Berge mit Spitzen wie mit Zucker bestreut!“, erklärte Aran.

„Das sind die Schneeberge. Lenke mich in ihre Richtung!“, befahl der Drache. Durch einen leichten Druck mit dem linken Bein wies Aran dem Drachen den Weg. Schon bald lag der See Darin unter ihnen. Sie landeten sanft am Ufer, und nach einem Bad in dem türkisfarbenen Wasser des Sees gewann Ferodin langsam seine Sehkraft zurück.

„Aran“, sprach der goldene Drache und verbeugte sich tief vor dem Bauernjungen. „Du hast mir mein Leben gerettet. Lass mich von nun an dein Diener sein, und sei du fortan mein Reiter!“

Aran riss die Augen auf und schüttelte den Kopf. „Ferodin, mein Freund!“, sagte er. „Ich danke dir! Aber ich bin nicht von Adel! Ich darf kein Drachenreiter sein!“

„Weißt du, warum mich die Riesenschlange angegriffen hat?“, fragte da der Drache. Aran schüttelte den Kopf.

„Sie wollte meinen Schatz“, erklärte Ferodin. „Einstmals gehörte er einem mächtigen König. Bevor er starb, übergab er mir diesen Schatz.

Ich sollte ihn so lange bewachen, bis ich jemanden finde, der mutig und edel genug ist, um selbst ein König zu sein. Ich schenke dir den Schatz des Königs und sein ganzes Königreich. Von jetzt an bist du von höchstem Adel, unendlich reich und – mein Drachenreiter!"

Wie muss der Empfänger des Schatzes sein? Streiche „ig" und setze die Worte neu zusammen. Welche wichtige Rittertugend erhältst du?

Trage das Wort auf Seite 61 bei Nummer 3 ein.

Mit dem Feuer muss man klug sein!

„In der Waldschenke können wir eine Pause machen“, ruft Kati ihrem Bruder Toni zu. Sie stellt ihr Rad ab und betrachtet das Häuschen mit der hübschen Terrasse. Ein Schild am Eingang verkündet: „Eröffnungstag!“

„Wir haben fünf Euro“, erinnert Toni seine Schwester, während er sein Rad abschließt. „Das reicht gerade für Getränke. Essen ist nicht drin!“

Die Geschwister setzen sich auf der Terrasse an einen Tisch. Kaum haben sie Platz genommen, schwingt hinter ihnen die Tür zur Schenke auf, und eine Stimme ruft: „Bonjour, Sie haben gewählt?“

Kati dreht sich um und erstarrt.

„Wir hätten gern ...“ Jetzt fällt auch Tonis Blick auf die Gestalt. Sie trägt eine weiße Kochmütze, eine Küchenschürze,

und in den bekrallten Klauen hält sie Bestellblock und Stift. Von oben bis unten ist sie grün wie … ein Drache!

„Alors“, sagt der Drachenkoch. „Eure Bestellung, bitte!“

„Zwei Mineralwasser!“, flüstert Toni.

Der Drache notiert die Bestellung. „Habt ihr Hunger?“

Das Knurren von Katis Magen widerspricht dem eifrigen Kopfschütteln der Kinder. Der Drache verzieht sein Maul zu einem breiten Grinsen. „Essen kommt sofort!“

Damit wirbelt der dickbäuchige Drache herum, wirft mit dem Schwanz einen Stuhl um und watschelt davon. Fast augenblicklich ist er wieder da. Auf seinen Klauen balanciert er zwei Suppenteller und zwei Krüge Mineralwasser.

„Bon appétit!", wünscht er und schaut die Kinder erwartungsvoll an.

„Wir haben aber nicht genug Geld!", sagt Kati zaghaft.

„Oh, ich lade euch ein", erwidert der Drache freundlich. „Denn ihr seid meine ersten Gäste!"

„Danke!“, rufen die Kinder und greifen nach den Löffeln. Aber da zieht der Drache plötzlich die Teller vom Tisch und verkündet: „Zwiebelsuppe, flambiert!“

Er holt tief Luft, Feuer lodert aus seinem Rachen, und im nächsten Moment sind von der Suppe nur noch schwarz verkohlte Zwiebelringe übrig.

„Lasst es euch schmecken!“, sagt der Drache stolz und eilt in die Küche zurück.

Toni und Kati schauen sich verwundert an. Gerade noch rechtzeitig können sie die schwarzen Zwiebelringe in einen Blumentopf kippen, bevor der nächste Gang vor ihnen steht.

„Steak mit Fritten und Brokkoli“, verkündet der Drachenkoch stolz. „Alles französische Küche. Ich habe viele Jahre bei den besten Köchen Frankreichs gelernt.“

Wie das duftet! Und wie knusprig die Fritten aussehen! Toni und Kati läuft das Wasser im Mund zusammen. Kati schnappt sich die Gabel und will gerade einige der goldenen Stäbchen aufspießen, als der Drache ausruft: „Zurück! – Steak, flambiert!“

Wieder speit er einen gewaltigen Feuerball auf das Essen. Traurig betrachtet Kati die schäbigen Überreste.

„Warum tun Sie das?“, ruft Toni.

„Warum tue ich was?“, fragt der Drache.

„Das Essen verbrennen!“, antwortet Kati und schiebt sich die einzige Fritte in den Mund, die den Brand überstanden hat.

„Flambieren nennt man das!“, widerspricht der Drache etwas beleidigt. „Das habe ich in der Pariser Drachenkochschule gelernt! Alle Drachen schätzen diese Kunst!“

„Drachen vielleicht schon, aber …“, entgegnet Toni.

Plötzlich starrt der Drache Kati und Toni an. Dann zerrt er eine Brille mit dicken Gläsern aus der Schürzentasche und hält sie sich vor die Augen.

„Mon dieu!“, ruft er und weicht entsetzt zurück. „Ihr seid ja Menschen! Ich habe euch für eine Art Schrumpfdrachen gehalten!“

„Ist das ein Problem?“, forscht Kati nach.

„Eigentlich bewirte ich nur Drachen. Menschen sind komische Geschöpfe: Sie haben einen so seltsamen Geschmack“, erklärt der Drache mit gerümpfter Nase, aus der kleine Rauchwölkchen aufsteigen.

„Dann gehen wir wohl besser!“, sagt Toni und steht auf.

Der Drache zieht die Stirn kraus. Dann sagt er entschieden: „Ihr seid eigentlich ganz in Ordnung. Deshalb will ich für euch eine Ausnahme machen.

Ihr bleibt! Und keine Widerrede!“

Bevor die Geschwister etwas erwidern können, rast er in die Küche. Wie der Blitz ist er mit neuen Portionen zurück. Diesmal verzichtet er auf das Flambieren. Weder Kati noch Toni haben jemals zuvor so köstlich gespeist. Und fortan bereitet der Drachenkoch alle Speisen auf zwei Arten zu: flambiert für die Drachen und nicht flambiert für seine neuen Freunde.

Wie, außer schwarz, sehen die Zwiebelringe noch aus, nachdem der Drache sie flambiert hat? In dem Wort steckt ein Gemüse. Entdeckst du es?

Trage die Antwort auf Seite 61 bei Nummer 4 ein.

Der weise Drache

Nils war verzweifelt. Er hatte nur noch eine Stunde Zeit für die Hausaufgaben, und er hatte keine Ahnung, wie er diese doofe Rechenaufgabe lösen sollte.

Sein Vater würde fürchterlich schimpfen, wenn Nils die Hausaufgaben schon wieder nicht schaffte. Hektisch kritzelte er Zahlen und Rechnungen in sein Aufgabenheft. Aber sosehr er sich auch bemühte, er kam auf kein vernünftiges Ergebnis.

Und dann war da auch noch dieser blöde Drache in seinem Arbeitsheft. Gemütlich ausgestreckt lag er über dem Text und lächelte.

„Hör auf, dich über mich lustig zu machen!“, schimpfte Nils.

Aber der Drache lächelte weiter. Blitzschnell griff Nils nach seinem Federmäppchen und legte es auf den Drachen, sodass nichts mehr von ihm zu sehen war.

Nils brauchte nicht auf die Küchenuhr zu gucken. Das regelmäßige Ticken des Sekundenzeigers sagte ihm, wie schnell die Zeit verrann. Immer wieder las er den Aufgabentext; er konnte ihn schon auswendig, trotzdem kam er der Lösung nicht einen Zentimeter näher. Aber was war das?

Der Drache, den Nils vorhin zugedeckt hatte, kroch auf einmal unter dem Federmäppchen hervor. Nils traute seinen Augen kaum.

„Sei gegrüßt“, sprach der Drache ihn an.

„Ich werd verrückt!“, stieß Nils hervor.

„Mitnichten“, widersprach der Drache. „Ich werde auch gleich wieder an meinen Platz verschwinden, aber ich konnte deiner Selbstquälerei nicht länger zusehen. Darf ich mich vorstellen: Ich bin ein sehr weiser Drache und komme aus Asien.“

„Das ist ja alles ganz nett, weiser Drache aus Asien“, sagte Nils, „aber ich hab jetzt keine Zeit für dich. Ich muss mich beeilen und diese Aufgabe rechnen, bevor mein Vater nach Hause kommt, und das ist ...“

Nils warf einen Blick auf die Küchenuhr. Erschrocken fuhr er zusammen: „... in zwanzig Minuten!“

Ungeduldig wollte er den Drachen beiseiteschieben, aber der war stärker, als Nils gedacht hatte. Unbeweglich verharrte er auf der Stelle.

„Ich will dir keine Zeit stehlen, Nils, sondern schenken“, erklärte der Drache mit sanfter Stimme. Er nickte Nils aufmunternd zu und sagte dann: „Weißt du, in Asien, dem Land meiner Väter, ist Ruhe eine Tugend.“

„Sie sollte auch dir ein ständiger Begleiter sein“, fuhr der Drache fort. „Gerade dann, wenn die Zeit schnell zu verrinnen scheint, gibt es eine wunderbare Übung: Schließ einfach mal die Augen, hol ganz tief Luft und atme dann langsam wieder aus.“

Nils atmete so tief ein, wie er nur konnte.

„Sehr gut!“, lobte der Drache. „… und ausatmen! Und einatmen … und ausatmen.“

Nachdem Nils die Übung einige Male ausgeführt hatte, erklärte der Drache mit leiser, beschwörender Stimme: „Und jetzt schau dir noch mal die Aufgabe an!“

Nils las den Text Wort für Wort, und plötzlich wusste er, wie er die Aufgabe lösen musste. „Hey, weiser Drache. Du hast recht gehabt, jetzt weiß ich, wie ich …“

Aber der Drache war verschwunden. Ausgestreckt lag er wieder über der Rechenaufgabe im Arbeitsheft und lächelte.

„Danke!“, raunte Nils, und ihm war, als ob der Drache ganz kurz geblinzelt hätte.

Wie viele Worte findest du in dieser Geschichte, die mit „Un/un“ beginnen?

Trage die Anzahl auf Seite 61 bei Nummer 5 ein.

Die Konferenz der Drachen

Für die meisten Einwohner der Stadt Neapel war es eine ganz normale Nacht. Nur die Spätheimkehrer bemerkten vielleicht den seltsamen Wolkenzug am Nachthimmel: Tausende schwarzer Schatten zogen mit hoher Geschwindigkeit lautlos über den Himmel auf den Vesuv zu. Über dem Kraterrand des Vulkans formierten sich die dunklen Schatten zu einem großen Wirbel und wanden sich dann blitzschnell in den Krater hinab.

Das Schauspiel dauerte nicht länger als fünf Minuten, dann war der Himmel wieder sternenklar.

Nur der Krater des Vesuvs hallte jetzt von unzähligen Stimmen wider. Im Schein der glimmenden Lava schlängelten sich Dutzende von Drachenkörpern über das Gestein. Eilig nahm jeder seinen Platz ein. Dann trat der Vorsitzende – ein chinesischer Lung-Drache – vor und hob eine Klaue.

„Freunde!“, rief der Lung.

„Ich begrüße euch, die ihr aus allen Teilen der Erde hierher gefunden habt. Die westlichen Drachen, die östlichen Drachen, die Beuteldrachen aus Australien und die Frostdrachen von den Polen. Wir müssen uns beraten! Denn die Menschen zerstören unsere Erde! Sie sind gewinnsüchtig, und jeder verfolgt nur seine eigenen Interessen. Dabei nehmen sie keinerlei Rücksicht auf die Natur. Wir müssen eingreifen, wenn wir unsere Erde retten wollen!“

Die versammelten Drachen nickten.

„Mehrmals am Tag muss ich mich eincremen, sonst verschmort mir die australische Sonne meine Schuppen. Das hat es noch nie gegeben!“, beschwerte sich ein Beuteldrache.

Da meldete sich ein dreiköpfiger Drache zu Wort. „Soweit mir bekannt ist“, zischte sein erster Kopf, „ist das Ganze zu einem erheblichen Teil“, fuhr der zweite Drachenkopf lispelnd fort, „ein Problem der Energie.“ Jetzt schnellte der dritte Kopf vor und raunte: „Wir brauchen saubere Energie, die keinen Schmutz macht.“

„Die Lösung liegt doch auf der Hand!", rief plötzlich ein schottischer Clandrache. „Viele von uns besitzen ihren eigenen Vulkan. Diese könnten wir doch den Menschen zur Verfügung stellen! Aus der Hitze, die aus den Vulkanen aufsteigt, könnte man neue Energie gewinnen. Und den Rauch des Feuers filtern wir einfach mit alter, abgestoßener Drachenhaut."

„Gute Idee!", rief der Vorsitzende. „Weitere Ideen?"

Ein Flugdrache mit riesigen Fledermausflügeln erhob sich und sagte: „Ich finde, wir Flugdrachen haben viel zu wenig Gelegenheit zum Fliegen. Auf der anderen Seite verpesten die Flugzeuge der Menschen die Luft. Wenn wir die Menschen herumfliegen würden, hätten wir unseren Spaß, und die Luft bliebe rein."

„Vortrefflich!", freute sich der Lung. „Dann könnte man auch gleich die Autos abschaffen!"

Stürmischer Applaus brandete auf.

„Darf ich auch etwas sagen?", flüsterte da ein kleiner Zackendrache.

Der Vorsitzende nickte: „Aber natürlich!"

„Wir sollten möglichst viele Menschen aus ihren Häusern herausholen und ihnen die Schönheit der Natur zeigen, damit sie mit eigenen Augen sehen, was sie zerstören!“

Als Zeichen ihrer unbändigen Begeisterung schlugen die Drachen mit ihren Schwänzen auf den Boden. Nachdem sich der Tumult wieder gelegt hatte, verkündete der chinesische Lung: „Dann kommen wir jetzt zur Abstimmung! Wer ist dafür, dass wir die Vorschläge in die Tat umsetzen?“

Wenig später wand sich erneut ein schwarzer Wirbelsturm aus dem Krater des Vesuvs. Über dem Vulkan verteilten sich die Drachen eilig in alle Himmelsrichtungen: Denn sie hatten eine wichtige Aufgabe zu erfüllen.

Hier kannst du ein Wort finden, dass von links wie von rechts gelesen gleich lautet. Es beginnt mit dem 20. Buchstaben des Alphabets. Welches ist es?

Trage das Wort auf Seite 61 bei Nummer 6 ein.

Alexandra Fischer-Hunold wurde 1966 in Düsseldorf geboren. Sie studierte Germanistik und Anglistik und arbeitete im Anschluss daran bei einem Kölner Reiseführerverlag. Seit einiger Zeit schreibt sie erfolgreich Kinderbücher und Vorlesegeschichten. Alexandra Fischer-Hunold lebt mit ihrem Mann, ihrer Tochter und Hund in Westfalen.

Wilfried Gebhard ist in Crailsheim geboren und in Stuttgart aufgewachsen. Nach dem Grafikstudium an der Grafischen Fachschule und der Staatlichen Akademie der bildenden Künste in Stuttgart arbeitete er zunächst in der Werbung. Später kam er zum Cartoon und zur Illustration. Neben zahlreichen Veröffentlichungen in Magazinen und Zeitschriften, Cartoon- und Kinderbuchverlagen entstanden Arbeiten fürs Kinderfernsehen.

Knacke das Rätsel!

Sammle von Geschichte zu Geschichte die Antworten zu den Fragen und trage sie hier ins Kreuzworträtsel ein. Das Lösungswort nennt dir etwas, das mancher Ritter stolz an einer Kette trägt. Was ist es?

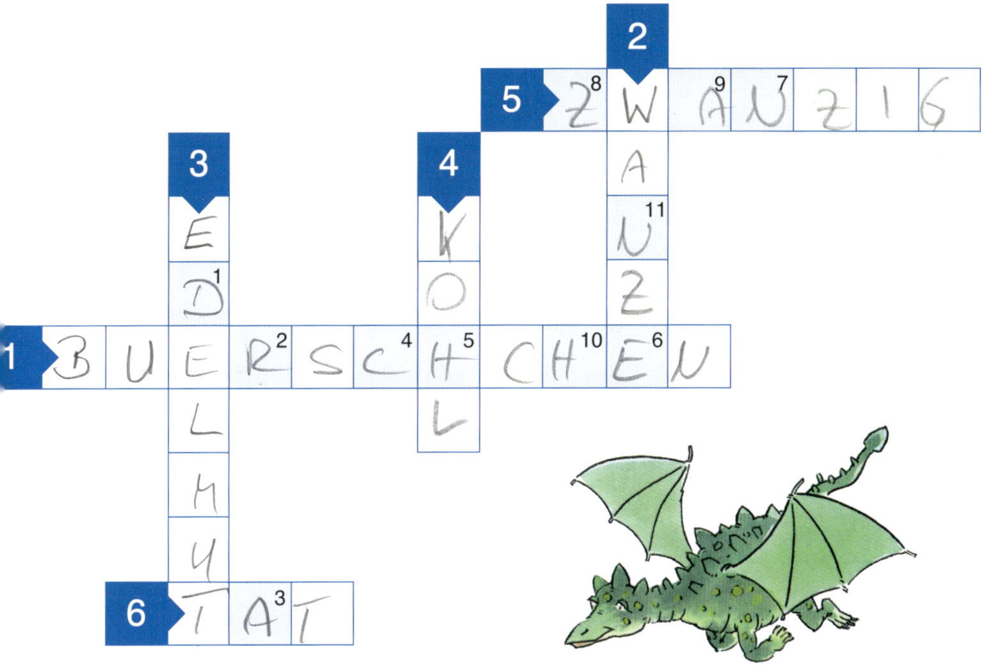

Das Lösungswort heißt:

D	R	A	C	H	E	N	Z	A	H	N
1	2	3	4	5	6	7	8	9	10	11

KLASSIKER DER WELTLITERATUR – ZEITLOS SCHÖN!

Arena Kinderbuch-Klassiker: Die beliebteste Klassikerreihe gibt es jetzt in neuer Gestaltung. Das Erfolgsrezept: Sorgsam ausgewählte und immer aktuelle Titel, fundiert recherchierte Vorworte bekannter Persönlichkeiten und moderne, zeitlose Cover – Weltliteratur für kleine und große Leser.

Jeder Band:
Ab 9/10 Jahren
Gebunden
12,5 x 19,5 cm

James Matthew Barrie
Peter Pan
Mit einem Vorwort von Tony Di Terlizzi
€ 7,99 [D]
ISBN 978-3-401-06573-1

ARENA KINDERBUCH-KLASSIKER

Lyman Frank Baum
Der Zauberer von Oz
Mit einem Vorwort von
Cornelia Funke
€ 7,99 [D]
ISBN 978-3-401-06374-4

Harriet Beecher-Stowe
Onkel Toms Hütte
Mit einem Vorwort von
Rainer M. Schröder
€ 7,95 [D]
ISBN 978-3-401-06609-7

Frances Hodgson Burnett
Sara, die kleine Prinzessin
Mit einem Vorwort von
Adeline Yen Mah
€ 7,99 [D]
ISBN 978-3-401-06208-2

Jacob und Wilhelm Grimm
Märchen
Mit einem Vorwort von Sybil Gräfin Schönfeldt
€ 7,99 [D]
ISBN 978-3-401-06152-8

Frances Hodgson Burnett
Der geheime Garten
Mit einem Vorwort von Sophie Dahl
€ 7,99 [D]
ISBN 978-3-401-06523-6

Lewis Carroll
Alice im Wunderland
Mit einem Vorwort von Chris Riddell
€ 7,99 [D]
ISBN 978-3-401-06598-4

ARENA KINDERBUCH-KLASSIKER

Carlo Collodi
Pinocchios Abenteuer
Mit einem Vorwort von
Dagmar Chidolue
€ 7,95 [D]
ISBN 978-3-401-06616-5

Charles Dickens
Oliver Twist
Mit einem Vorwort von
Garth Nix
€ 7,99 [D]
ISBN 978-3-401-06800-8

Daniel Defoe
Robinson Crusoe
Mit einem Vorwort von Willi
Fährmann
€ 7,99 [D]
ISBN 978-3-401-06579-3

Rudyard Kipling
Das Dschungelbuch
Mit einem Vorwort von
Christopher Paolini
€ 7,95 [D]
ISBN 978-3-401-06152-8

Selma Lagerlöf
Nils Holgerssons wunderbare Reise
Mit einem Vorwort von
Isabel Abedi
€ 7,99 [D]
ISBN 978-3-401-06556-4

Jack London
Wolfsblut
Mit einem Vorwort von
Richard Adams
€ 7,99 [D]
ISBN 978-3-401-06818-3

ARENA KINDERBUCH-KLASSIKER

Herman Melville
Moby Dick
Mit einem Vorwort von
Christoph Marzi
€ 7,95 [D]
ISBN 978-3-401-06585-4

Eleanor H. Porter
Pollyanna – Ein Waisenkind in Amerika
Mit einem Vorwort von Ilona Einwohlt
€ 7,99 [D]
ISBN 978-3-401-06816-9

Howard Pyle
Robin Hood
Mit einem Vorwort von
Daniel Bielenstein
€ 7,99 [D]
ISBN 978-3-401-06736-0

Gustav Schwab
Die schönsten Sagen des klassischen Altertums
Mit einem Vorwort von
Harald Parigger
€ 7,99 [D]
ISBN 978-3-401-06741-4

Anna Sewell
Black Beauty
Mit einem Vorwort von
Meg Rosoff
€ 7,95 [D]
ISBN 978-3-401-06410-9

Robert Louis Stevenson
Die Schatzinsel
Mit einem Vorwort von
Eoin Colfer
€ 7,99 [D]
ISBN 978-3-401-06621-9

ARENA KINDERBUCH-KLASSIKER

Jonathan Swift
Gullivers Reisen
Mit einem Vorwort von
Alexa Hennig von Lange
€ 7,95 [D]
ISBN 978-3-401-06675-2

Mark Twain
Tom Sawyers Abenteuer
Mit einem Vorwort von
Richard Peck
€ 7,99 [D]
ISBN 978-3-401-06524-3

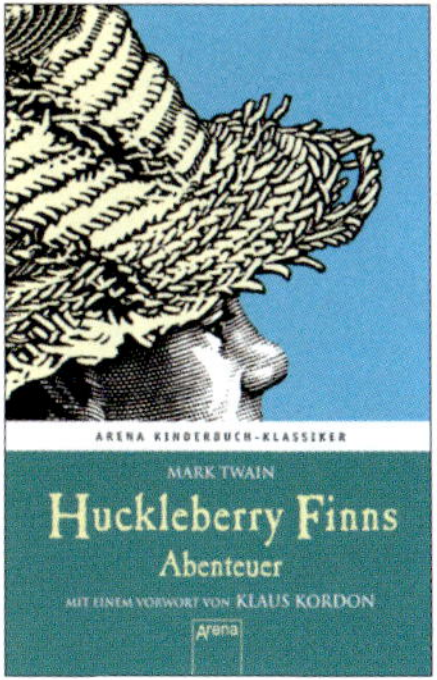

Mark Twain
Huckleberry Finns Abenteuer
Mit einem Vorwort von
Klaus Kordon
€ 7,95 [D]
ISBN 978-3-401-06620-2

Jules Verne
Die Reise zum Mittelpunkt der Erde
Mit einem Vorwort von
Diana Wynne Jones
€ 7,99 [D]
ISBN 978-3-401-06375-1

Jules Verne
Reise um den Mond
Mit einem Vorwort von
Ralph Caspers
€ 7,99 [D]
ISBN 978-3-401-06707-0

Märchen aus 1001 Nacht
Mit einem Vorwort von
Federica de Cesco
€ 7,99 [D]
ISBN 978-3-401-06817-6

KINDERBUCHKLASSIKER ZUM VORLESEN

IDEAL FÜR KLEINE ABENTEURER!

- Die schönsten Geschichten der klassischen Kinderliteratur
- Behutsam gekürzt, von renommierten Autoren neu erzählt
- Mit vielen bezaubernden farbigen Illustrationen

Jeder Band:
Ab 4 Jahren
Gebunden
80/88 Seiten
17 x 24 cm

Aladin und die Wunderlampe
Mit farbigen Illustrationen von
Sabine Kraushaar
€ 10,99 [D]
ISBN 978-3-401-05538-1

Ali Baba und die 40 Räuber
Mit farbigen Illustrationen von
Christiane Hansen
€ 10,99 [D]
ISBN 978-3-401-06650-9

Rudyard Kipling
Das Dschungelbuch
Mit farbigen Illustrationen von
Ute Thönissen
€ 10,99 [D]
ISBN 978-3-401-05255-7

Jonathan Swift
Gullivers Reisen
Mit farbigen Illustrationen von
Markus Zöller
€ 10,95 [D]
ISBN 978-3-401-06076-7

KINDERBUCHKLASSIKER ZUM VORLESEN

Johanna Spyri
Heidi
Mit farbigen Illustrationen von
Daniele Winterhager
€ 10,95 [D]
ISBN 978-3-401-05142-0

Johanna Spyri
Heidi kann brauchen, was es gelernt hat
Mit farbigen Illustrationen von
Daniele Winterhager
€ 10,95 [D]
ISBN 978-3-401-06125-2

Mark Twain
Huckleberry Finns Abenteuer
Mit farbigen Illustrationen von
Markus Zöller
€ 10,95 [D]
ISBN 978-3-401-06631-8

Hans Christian Andersen
Die kleine Meerjungfrau
Mit farbigen Illustrationen von Christa Unzner
€ 10,95 [D]
ISBN 978-3-401-05704-0

Selma Lagerlöf
Nils Holgerssons wunderbare Reise
Mit farbigen Illustrationen von Oliver Regener
€ 10,99 [D]
ISBN 978-3-401-05334-9

Gerdt von Bassewitz
Peterchens Mondfahrt
Mit farbigen Illustrationen von Daniele Winterhager
€ 10,99 [D]
ISBN 978-3-401-05141-3

KINDERBUCHKLASSIKER ZUM VORLESEN

James Matthew Barrie
Peter Pan
Mit farbigen Illustrationen von
Julian Jusim
€ 10,99 [D]
ISBN 978-3-401-05546-6

Carlo Collodi
Pinocchios Abenteuer
Mit farbigen Illustrationen von
Oliver Regener
€ 10,99 [D]
ISBN 978-3-401-05140-6

Sindbads Abenteuer
Mit farbigen Illustrationen von
Kathrin Treuber
€ 10,95 [D]
ISBN 978-3-401-06427-7

Till Eulenspiegel
Mit farbigen Illustrationen von
Christiane Hansen
€ 10,95 [D]
ISBN 978-3-401-05906-8

Mark Twain
Tom Sawyers Abenteuer
Mit farbigen Illustrationen von
Markus Zöller
€ 10,95 [D]
ISBN 978-3-401-06231-0

Kenneth Grahame
Der Wind in den Weiden
Mit farbigen Illustrationen von
Angela Kincaid
€ 10,95 [D]
ISBN 978-3-401-05968-6

LIEBEVOLLER KANN MAN KLASSIKER NICHT ERZÄHLEN!

Jeder Band:
Ab 4 Jahren
40 Seiten • 23,5 x 30 cm
Halbleinen mit Prägung
Mit Audio-CD

Die Arena-Bilderbuch-Klassiker sind einzigartig. Bekannte und beliebte Stoffe der Kinderliteratur werden altersgerecht nacherzählt und durch fantasievolle Illustrationen in Szene gesetzt. Mit der beigelegten Audio-CD, die den gesamten Bilderbuchtext enthält, wird jeder Band zu einem ganz besonderen Bucherlebnis.

Selma Lagerlöf
Nils Holgerssons wunderbare Reise
Durchgehend farbig illustriert
von Silvio Neuendorf
€ 14,99 [D]
ISBN 978-3-401-09457-1

Gerdt von Bassewitz
Peterchens Mondfahrt
Durchgehend farbig illustriert
von Hildegard Müller
€ 14,95 [D]
ISBN 978-3-401-09101-3

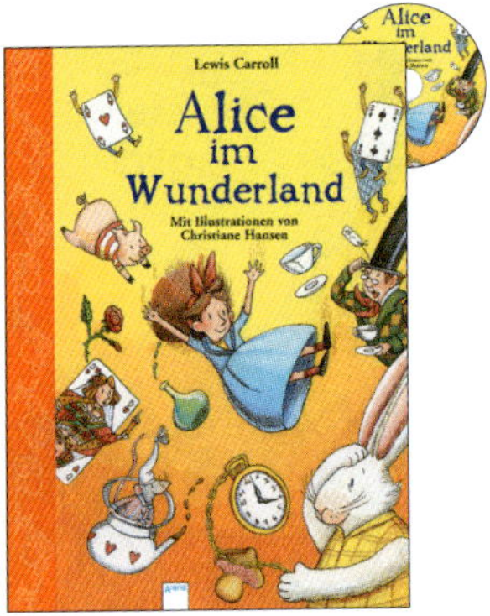

Lewis Carroll
Alice im Wunderland
Durchgehend farbig illustriert
von Christiane Hansen
€ 14,95 [D]
ISBN 978-3-401-09253-9

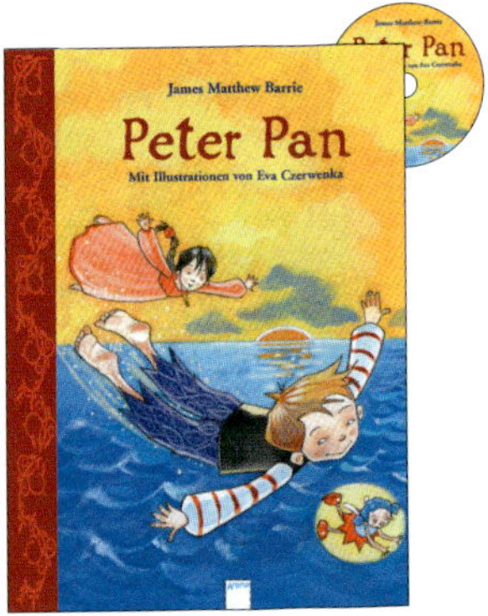

James Matthew Barrie
Peter Pan
Durchgehend farbig illustriert
von Eva Czerwenka
€ 14,95 [D]
ISBN 978-3-401-09178-5

BILDERBUCH-KLASSIKER

Rudyard Kipling
Das Dschungelbuch
Durchgehend farbig illustriert
von Christiane Hansen
€ 14,95 [D]
ISBN 978-3-401-09242-3

Frances Hodgson Burnett
Der kleine Lord
Durchgehend farbig illustriert
von Silvio Neuendorf
€ 14,95 [D]
ISBN 978-3-401-09286-7

Kenneth Grahame
Der Wind in den Weiden
Durchgehend farbig illustriert
von Andreas H. Schmachtl
€ 14,95 [D]
ISBN 978-3-401-09274-4

LESEN LERNEN MIT KLASSIKERN

Robin Hood, Pinocchio und all die anderen – wer kennt sie nicht? Ihre Geschichten haben Generationen von Kindern verschlungen und sie haben bis heute nichts von ihrer Faszination eingebüßt. Nun gibt es sie neu erzählt in einfachen Texten, die richtig Lust machen aufs Selberlesen.

Jeder Band:
Ab 7 Jahren
Gebunden
Durchgehend farbig illustriert • 16 x 21 cm

Jules Verne
20.000 Meilen unter dem Meer
Mit Bücherbärfigur am Lesebändchen
72 Seiten
€ 7,50 [D]
ISBN 978-3-401-70009-0

KLASSIKER FÜR ERSTLESER

Alexandre Dumas
Die drei Musketiere
Mit Bücherbärfigur am
Lesebändchen
72 Seiten
€ 7,50 [D]
ISBN 978-3-401-09508-0

Die schönsten Feenmärchen
Mit Bücherbärfigur am
Lesebändchen
72 Seiten
€ 7,50 [D]
ISBN 978-3-401-70052-6

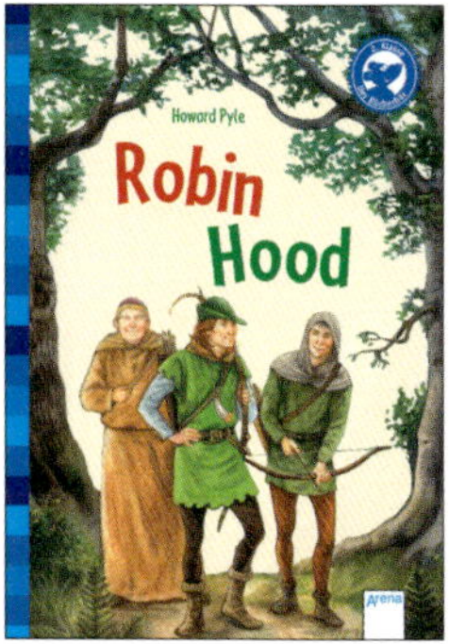

Howard Pyle
Robin Hood
Mit Bücherbärfigur am
Lesebändchen
72 Seiten
€ 7,50 [D]
ISBN 978-3-401-70053-3

Carlo Collodi
Pinocchios Abenteuer
Mit Bücherbärfigur am Lesebändchen
72 Seiten
€ 7,50 [D]
ISBN 978-3-401-70051-9

Frances Hodgson Burnett
Der kleine Lord
Mit Bücherbärfigur am Lesebändchen
72 Seiten
€ 7,50 [D]
ISBN 978-3-401-09685-8

Kinderbuchklassiker für Erstleser
Die schönsten Geschichten für Mädchen
Sonderband
160 Seiten
€ 5,00 [D]
ISBN 978-3-401-70006-9

Arena ENTDECKEN

913.835
Stand Juli 2012
Preis- und Programmänderungen
vorbehalten • Arena Verlag GmbH
Postfach 5169 • 97001 Würzburg
www.arena-verlag.de

„Ich bin ein Drache, und Drachen spucken Feuer!“, verteidigte sich der Drache.

Bedauernd breitete Raimund die Hände aus: „So leid es mir tut, Feuerspucken gilt nicht!“

„Ich krieg dich auch so, Bürschchen!“, grollte der Drache, als Raimund, jetzt sein Schwert schwingend, vor ihm hin und her tänzelte. Kunstvoll schleuderte der Drache nun seinen gezackten Schwanz durch die Luft und hieb mehrere Bäume damit um.